AF602887

VENTES DU 14 AU 19 NOVEMBRE 1898

Succession Édouard DELESSERT

Requête de M. **Gabriel FAUQUE**, Curateur aux successions vacantes

CATALOGUE

DES

OBJETS D'ART

Et d'Ameublement

TABLEAUX

MODERNES ET ANCIENS

Gravures et Lithographies

PAR LE MINISTÈRE DE

Me MONDET
COMMISSAIRE-PRISEUR
Boulevard de Sébastopol, 4

Me Léon BANCELIN
COMMISSAIRE-PRISEUR
Rue de la Grange-Batelière, 18

ASSISTÉS DE :

Pour les Objets d'art
M. CHARLES MANNHEIM
Rue Saint-Georges, 7
EXPERT

Pour les Tableaux
M. FÉRAL
Faubourg Montmartre, 54
PEINTRE-EXPERT

Pour les Gravures
M. JEAN-FONTAINE
Boulevard Haussmann, 30
LIBRAIRE

PARIS — 1898

IMPRIMERIE MAULDE ET RENOU

MAULDE, DOUMENC & Cie

IMPRIMEURS DE LA COMPAGNIE DES COMMISSAIRES-PRISEURS

Rue de Rivoli, 144. — Paris

Succession Édouard DELESSERT

Requête de M. Gabriel FAUQUE, Curateur aux successions vacantes

CATALOGUE

DES

OBJETS D'ART

Et d'Ameublement

OBJETS DE VITRINE, MINIATURES

Meubles anciens

TABLEAUX MODERNES ET ANCIENS

Gravures et Lithographies

ARGENTERIE, BIJOUX

Meubles courants

HOTEL DROUOT, SALLE N° 6

Du Lundi 14 au Samedi 19 Novembre 1898

A DEUX HEURES PRÉCISES

PAR LE MINISTÈRE DE

Me MONDET	**Me Léon BANCELIN**
COMMISSAIRE-PRISEUR	COMMISSAIRE-PRISEUR
Boulevard de Sébastopol, 4	Rue de la Grange-Batelière, 18

ASSISTÉS DE :

Pour les Objets d'art	*Pour les Tableaux*	*Pour les Gravures*
M. CHARLES MANNHEIM	**M. FÉRAL**	**M. JEAN-FONTAINE**
Rue Saint-Georges, 7	Faubourg Montmartre, 54	Boulevard Haussmann, 30
EXPERT	PEINTRE-EXPERT	LIBRAIRE

EXPOSITION PUBLIQUE

Le Dimanche 13 Novembre 1898, de 1 heure 1/2 à 5 heures

PARIS — 1898

ORDRE DES VACATIONS

Le Lundi 14 Novembre 1898

Objets de vitrine	Nos	1 à 28
Miniatures		29 à 43
Porcelaines de Vincennes et de Sèvres		44 à 66
Porcelaines diverses		67 à 82
Porcelaines et Grès de Chine		83 à 98
Matières dures		99 à 110
Bronzes chinois		111 à 120
Objets variés		121 à 155
Pendules et Bronzes		156 à 175
Meubles		176 à 209
Tapis		210 et 211

Le Mardi 15 Novembre 1898

numéros non vendus dans la vacation précédente

Tableaux	Nos	212 à 258
Dessins, Aquarelles, Pastels		259 à 280
Gravures, Lithographies, Pièces en couleur		281 à 298

Le Mercredi 16 Novembre 1898

Argenterie, Bijoux

Les Jeudi 17, Vendredi 18, Samedi 19 Novembre 1898

Mobilier courant

N.-B. — *L'ordre numérique ne sera pas suivi. Les Tableaux compris dans la vacation du Mardi 15 Novembre 1898 seront vendus à la fin de ladite vacation.*

Maulde, Doumenc et Cie, imp. de la Cie des Commissaires-Priseurs, rue de Rivoli, 144. 1000—76998

CONDITIONS DE LA VENTE

Elle sera faite au comptant.

Les Adjudicataires paieront CINQ POUR CENT en sus des enchères.

L'exposition mettant le public à même de se rendre compte de l'état des objets vendus, aucune réclamation ne sera admise une fois l'adjudication prononcée.

N.-B. — *Les Livres composant la Bibliothèque provenant de la même succession, seront vendus* HOTEL DROUOT, SALLE n° 8, *les 8, 9, 10, 11 et 12 Novembre 1898, à deux heures.* Voir Catalogue spécial.

Désignation des Objets

OBJETS DE VITRINE

1 — Boîte ovale en vieux Saxe, décorée de sujets champêtres à personnages. Epoque Louis XV.

2 — Etui-nécessaire en émail de Battersea, à fond vert et médaillons de fleurs.

3 — Boite oblongue en ancienne porcelaine de Saxe à ornements gaufrés et décor de fleurs polychromes ; corbeille de fleurs à l'intérieur du couvercle.

4 — Boîte ronde en écaille noire montée en argent, le dessus incrusté de fleurs en or. Époque Louis XV.

5 — Boîte oblongue en écaille noire, le dessus incrusté d'or gravé à fleurs et attributs de jardinage. Époque Louis XV.

2.

6 — Drageoir ovale en ivoire, le dessus piqué d'argent : sujet de bacchante peint à l'intérieur du couvercle. XVIIe siècle.

7 — Petite paire de Ciseaux en or et acier.

8 — Étui porte-flacon en vernis de Martin, rayé blanc et gris.

9 — Boîte oblongue chinoise en argent, composée de fleurs et de feuillages sur fond repercé à jour.

10 — Très fort Bracelet oriental en argent gravé.

11 — Petite Boîte oblongue à angles rentrants et arrondis, en laque du Japon décorée en couleurs et or de fleurs et de jeux d'enfants.

12 — Petite Boîte oblongue et plate en laque du Japon, à fond noir et décorée d'un paysage en dorure. Elle renferme quatre petites boîtes plates en laque d'or.

13 — Boîte oblongue à angles arrondis en laque du Japon à décor d'or sur fond aventuriné, paysage et quadrillages.

14 — Trousse à médecine en laque d'or du Japon, incrustée de fleurs en relief exécutées en ivoire, écaille, etc.

15 — Drageoir ovale en argent repoussé et doré. Le dessus représente la Toilette de Vénus. xviiie siècle.

16 — Boîte ronde en ivoire sculpté à paysages et personnages en bas-relief. Travail chinois.

17 — Deux pièces : Cachet indien en ivoire et Étui japonais en os sculpté à personnages.

18 — Boîte ronde à compartiments en laque aventurinée du Japon.

19 — Boîte à mouches, du temps de Louis XV, en écaille incrustée d'argent gravé et doré et montée en argent doré.

20 — Petite Boîte oblongue en écaille piquée et posée d'or. Époque Louis XV.

21 — Drageoir ovale et profond, en écaille noire, le dessus incrusté d'argent. Époque Louis XV.

22 — Boîte ronde en poudre d'écaille pavée et incrustée d'or et d'argent. Le dessus présente un médaillon à fond rouge.

23 — Étui de mathématiques en galuchat avec ustensiles en argent. Époque Louis XVI.

24 — Couteau pliant à manche en nacre et or, avec double lame dont l'une est en argent. Époque Louis XVI.

25 — Porte-mine en or.

26 — Deux pièces : Boîte oblongue en vernis de Brunswick et Boîte d'écaille ornée d'un petit émail.

27 — Petit Vase sur pied à balustre en argent doré, repoussé à godrons et ornements. Allemagne. XVIIe siècle.

28 — Huit petites Pièces en argent, de travail siamois : Boîtes et Animaux.

MINIATURES

29 — Cinq Miniatures par Mme G. Delessert, dont trois d'après FRAGONARD et deux d'après HALL.

30 — Miniature ronde : Portrait de femme blonde les épaules couvertes d'une écharpe blanche.

31 — Belle Miniature ovale : portrait de Mme de Rombeck ; la coiffure est formée de plumes et de perles et son corsage bleu est garni d'hermine. XVIIIe siècle.

32 — Trois Miniatures dont deux signées MATHILDE ; l'une d'elles représentant une amazone est montée sur un presse-papier ; la seconde représente la famille Delessert et la dernière le portrait de Raphaël.

33 — Minature ébauchée, par Mme Gabriel Delessert (1843) : Portrait de la comtesse de Montijo, depuis Eugénie, impératrice des Français.

34 — Miniature ovale sur vélin, attribuée à Isabey : Portrait de femme vêtue de blanc et la tête couverte d'un voile.

35 — Miniature ovale : Portrait de Mme Gabriel Delessert à l'âge de 18 ans.

36 — Miniature ovale sur ivoire, signée Me Gansi : Portrait de femme vue à mi-jambes, vêtue de blanc et assise dans un parc.

37 — Miniature ovale : Portrait de Mr Gabriel Delessert.

38 — Petite Miniature ovale sur ivoire : Portrait de jeune femme. Époque Louis XVI.

39 — Peinture sur émail de forme ovale : Portrait d'homme portant un habit bleu. Époque Louis XVI.

40 — Miniature ronde sur ivoire : Portrait de M. de Laborde. Époque Louis XVI.

41 — Miniature ovale du temps de l'Empire : Portrait de femme vêtue de blanc.

42 — Deux Miniatures : Portrait d'homme et portrait de jeune fille (Mlle de Rombeck).

43 — Deux Miniatures ovales dans un même cadre, par Mme HERBELIN (1856) : Portrait de l'Impératrice Eugénie et du Prince impérial.

PORCELAINES DE VINCENNES ET DE SÈVRES

44 — Deux petits Vases sur piédouche, à anses branchages à décor de fleurs, en ancienne porcelaine tendre de Vincennes.

45 — Grande Tasse, forme dite litron, à deux anses, avec couvercle et soucoupe en ancienne porcelaine de Sèvres, pâte tendre, décorée de lambrequins à œils-de-perdrix et quadrillages rehaussés de coquilles et bordés de fleurs.

46 — Petit Miroir de forme arrondie, bordé de quadrillages à rosaces rosées et jetés de roses.

47 — Tasse cylindrique avec Soucoupe en vieux Sèvres, pâte tendre, décorée d'un jeté de roses et bordée de couronnes de laurier.

48 — Flacon à thé décoré de jetés de fleurs polychromes.

49 — Tasse cylindrique avec Soucoupe en ancienne porcelaine de Sèvres, pâte tendre, à fond gros bleu et médaillons d'oiseaux voltigeant, encadrés de dorure.

50 — Tasse de même forme et de même porcelaine, décorée de bandes bleues avec rangs de perles et entre-deux à rosaces et fleurettes.

51 — Deux Confituriers à trois places, en vieux Sèvres, pâte tendre, à filets bleus et jetés de fleurs.

52 — Deux Tasses arrondies et deux Soucoupes en vieux Sèvres, pâte tendre, décorées de fleurs.

53 — Pot à lait en ancienne porcelaine tendre de Sèvres, à décor de guirlandes de fleurs et bandes émaillées bleu.

54 — Pot cylindrique avec couvercle en vieux Sèvres, pâte tendre, à fond vert et double médaillon d'oiseaux dans des paysages.

55 — Deux Pots analogues à ceux qui précèdent, mais plus petits.

56 — Soucoupe des mêmes porcelaine et décor.

57 — Deux Tasses de forme arrondie avec soucoupes en vieux Sèvres, pâte tendre, décorées de couronnes de fleurs et à bandes bleues rehaussées-de-dorures.

58 — Grande Tasse cylindrique avec soucoupe en vieux Sèvres, pâte tendre, fond rose à œils de perdrix, rubans bleus et festons de fleurs polychromes.

59 — Étui cylindrique en vieux Sèvres, pâte tendre, décoré de bandes bleu-turquoise et de fleurs alternant.

60 — Déjeuner en porcelaine moderne de Sèvres, fond gros bleu et décor de fleurs encadrées de dorure.

61 — Maronnière en vieux Sèvres, pâte tendre, à ornements découpés à jour et décorés de fleurs.

62 — Petite Tasse cylindrique en vieux Sèvres, pâte tendre, semée de fleurettes.

63 — Deux Tasses avec soucoupes en vieux Sèvres, pâte dure, à décors variés.

64 — Écuelle ronde à deux anses, avec couvercle et plateau décoré de fleurs polychromes sur fond à œil de perdrix bleus.

65 — Six Coquetiers en ancienne porcelaine dure de Sèvres, décor de fleurs sur fond violet.

66 — Deux Vases à anses, double-fond et couvercle en porcelaine dure de Sèvres, époque Restauration, décor de filets dorés.

PORCELAINES DIVERSES

67 — Vase pot-pourri avec couvercle, décors de fleurs en relief ; ancienne porcelaine de Chantilly.

68 — Statuette en ancienne porcelaine de Saxe, Jeune Femme debout tenant des fleurs dans son tablier.

69 — Deux Figurines en porcelaine de Saxe : Fillette et jeune Garçon.

70 — Petit Vase de forme ovoïde en vieux Saxe, à fond bleu et médaillons de paysages. Il est garni de bronze.

71 — Deux Vases en porcelaine dure, à anses-mufles de lions dorés et décor de fleurs en camaïeu carmin sur fond marbré caillouté d'or.

72 — Maronnière ovale à quatre pieds en vieux Saxe, décorée de jetés de fleurs.

73 — Tasse haute avec soucoupe en vieux Saxe, décorée de bouquets de fleurs en camaïeu carmin.

74 — Pot à anses avec couvercle et soucoupe en vieux Saxe, décoré de fleurs en camaïeu carmin.

75 — Petit Groupe de trois enfants, en porcelaine de Saxe.

76 — Trois Tasses lobées avec soucoupes, en vieux Saxe, fond carmin et médaillons de paysages.

77 — Deux petites Jardinières oblongues décorées de fleurs. Porcelaine d'Allemagne.

78 — Deux Vases évasés en biscuit de Wedgwood, à fond blanc avec rosaces et ornements bleus en relief.

79 — Deux Médaillons en ancien biscuit à fond bleu : Jeux d'enfants.

80 — Deux Cache-Pots, en porcelaine de Paris, à décor de fleurs.

81 — Lot comprenant : Pot à lait décoré de fleurs, genre Sèvres ; quatre Tasses, genre Saxe ; petit Plateau orné de fleurs ; quatre petits coquetiers ; deux aiguières et dix pièces, céramique variée.

82 — Jardinière et plateau long en porcelaine à fond violet.

PORCELAINES ET GRÈS DE CHINE

83 — Deux Statuettes en ancienne porcelaine de Chine, à vêtements bleu-clair, et médaillons en camaïeu carmin.

84 — Potiche avec couvercle en ancienne porcelaine de Chine décorée de fleurs en émaux de la famille rose.

85 — Deux petites Potiches avec couvercles en vieux Japon, décorées en bleu, rouge et or.

86 — Jardinière, en forme de losange, en vieux Chine, à fond rouge et médaillons de personnages en couleurs.

87 — Deux petits Oiseaux en porcelaine blanche du Japon.

88 — Sucrier rond, avec couvercle, à côtes, en porcelaine du Japon, à décor de fleurs et d'ornements polychromes.

89 — Petit Cornet en ancien blanc de Chine.

90 — Trois pièces : Coupe ronde et Assiette en porcelaine moderne du Japon et Sucrier en porcelaine dite de l'Inde.

91 — Vase ovoïde avec couvercle en ancienne porcelaine de Chine, décoré de fleurs d'aubépine en camaïeu bleu sur fond bleu marbré.

92 — Deux petits Vases, en forme de balustre, en vieux Chine, à fond bleu uni avec oiseaux et feuillages dorés.

93 — Petit Vase, forme carafe, en vieux Chine, décoré en émaux de la famille verte, de flots et de fleurs, et offrant sur l'épaulement un dragon en ronde bosse.

94 — Deux petits Crachoirs en ancienne porcelaine de Chine, famille rose.

95 — Vase à pans, à fond bleu. Chine.

96 — Deux Tabourets en grès émaillé, supportés chacun par un éléphant debout. Travail chinois.

97 — Deux Rochers en grès chinois, ornés de personnages.

98 — Deux Poissons en grès de la Chine.

MATIÈRES DURES

99 — Jade vert. Pitong offrant dans son pourtour un paysage accidenté avec personnages, gravé en relief. Travail chinois sur socle en bois.

100 — Jade vert foncé. Petite Coupe oblongue et profonde avec anse plate en forme de feuille. Travail chinois.

101 — Jade gris verdâtre. Vase en forme de fleur avec branchages, fleurs et oiseau au pourtour, pris dans la masse. Travail chinois.

102 — Jade gris verdâtre. Petit plateau formé d'une double feuille. Travail chinois.

103 — Cristal de roche. Crapaud en ronde bosse sur socle en bois.

104 — Cristal de roche. Personnage accroupi. Travail chinois.

105 — Malachite. Rognon servant de base à un bloc de cristal violacé et surmonté d'une figurine en cristal de roche.

106 — Jade. Trois petits écrans ovales avec montures en bois découpé.

107 — Cristal de roche. Cachet taillé à pans.

108 — Jade vert. Vase en forme de balustre à deux anses têtes chimériques. La panse est décorée d'ornements et de feuilles gravés en relief. Travail chinois. Sur socle en bois.

109 — Pierre de lard verte. Statuette de personnage debout. Sur socle en bois.

110 — Lot de minéraux dont un morceau de roche et or.

BRONZES CHINOIS

111 — Brûle-Parfums en bronze à deux anses dragons et reposant sur trois pieds. Socle et couvercle en bois reperçé à jour. Travail chinois.

112 — Brûle-Parfums tripode à deux anses en bronze de la Chine.

113 — Brûle-Parfums sphérique, décoré d'oiseaux en relief et à couvercle surmonté d'une chimère.

114 — Flambeau chinois formé d'un oiseau debout en bronze.

115 — Cornet en bronze garni au pourtour d'anneaux mouvants.

116 — Corbeille de fleurs sur plateau en métal argenté. Travail japonais.

117 — Trois petites statuettes en bronze doré à la feuille, l'une d'elles couchée incrustée de cristaux.

118 — Chibachi ou brûle-parfums en bronze du Japon, à anse mobile et dessus découpé orné d'un dragon.

119 — Cornet en bronze à arêtes et ornements en relief. Travail chinois.

120 — Vase balustre en bronze niellé d'argent de la Chine.

OBJETS VARIÉS

121 — Tête de femme en pierre sculptée, coiffée d'un bandeau, avec traces de dorure et de peinture. XIVe siècle.

122 — Deux Vases, forme carafe, en émail cloisonné de la Chine, à fleurs et ornements en couleurs sur fonds bleu clair et jaune alternant.

123 — Cinq pièces antiques en terre cuite : Masque humain incomplet et quatre Statuettes.

124 — Huit Vases et Coupes en terre peinte antique. Ce lot sera divisé.

125 — Trousse de médecin en bois laqué du Japon à décor d'oiseaux en dorure.

126 — Deux petites Coupes, forme bateau, en laque de Pékin rouge, ciselé à fleurs.

127 — Haut-Relief indou en bois représentant quatre personnages en diverses attitudes.

128 — Deux Pitongs chinois en bambou sculpté à paysages et personnages.

129 — Boîte carrée en laque noire du Japon décorée d'oiseaux et d'armoiries en or.

130 — Canne en bois dur incrusté de burgau. Travail du Tonkin.

131 — Corne de bélier montée en argent et formant une boîte dont le couvercle est orné d'une topaze. Travail écossais.

132 — Bande de broderie en haut-relief en métal doré en partie. Dans un cadre chinois en bois peint en rouge et rehaussé de dorure.

133 — Plat rond en ancienne laque noire du Japon à décor de paysages et armoiries en or et en relief.

134 — Deux Statuettes indiennes en bois et pâte décorées en or et couleurs.

135 — Coupe sur piédouche en ancien verre de Venise, décorée d'imbrications.

136 — Deux Petites Aiguières en ancien verre blanc de Venise.

137 — Lot de Verrerie incolore et émaillée.

138 — Polyptyque à quatre feuilles en cuivre à figures en relief réservées sur fond émaillé. Travail gréco-russe.

139 — Lampe persane de suspension, de forme sphérique en cuivre gravé et repercé à jour.

140 — Lot de Céramique antique.

141 — Xylophone. Travail de l'Extrême-Orient.

142 — Deux Narguilés incomplets.

143 — Deux petites Tables turques, en bois incrusté de nacre.

144 — Deux simulacres de petits vases en albâtre.

145 — Deux petits Cornets, en émail cloisonné de la Chine.

146 — Coffret-Custode genre Limoges.

147 — Lanterne chinoise en bois laqué.

148 — Grand Pitong en bois et nacre. Japon.

149 — Paire de Pistolets à silex du XVIIIe siècle, à décor de trophées et fleurettes.

150 — Six Pistolets variés, à silex et à piston.

151-152 — Lot d'Armes variées : Hache, Cimeterre, Poignard oriental, Couteau japonais, Poignard zanzibarite, quatre petits Pistolets, trois Javelots, Épée malgache, Couteau de chasse, deux Cors de chasse, Bois de cerf.

153-155 — Trois Fusils de chasse.

PENDULES ET BRONZES

156 — Petite pendule du temps de l'Empire, composée de deux petites bornes carrées, en bronze doré au mat, surmontées de petites coupes et reposant sur une base en porphyre rouge oriental et bronze doré.

157 — Petit Cartel du temps de Louis XV, en bronze, composé de rocailles et de fleurs.

158 — Pendule du temps de l'Empire, en bronze et dorure, sur socle en marbre griotte, ornée d'une statuette de Minerve.

159 — Pendule du temps de l'Empire, à figure allégorique de femme, en bronze vert et base en bronze doré, et marbre vert de mer.

160 — Petite Pendule, à cage, du temps de Louis XVI, en bois d'acajou avec mouvement de Le Roy.

161 — Pendule en bronze et marbre rouge griotte ornée de deux statuettes : Psyché et l'Amour. Commencement du XIXe siècle.

162 — Deux Girandoles à trois lumières, pouvant accompagner la pendule précédente : Mercure et la Fortune.

163 — Deux Candélabres du temps de Louis XVI, composés chacun d'une figure de femme en bronze brun portant trois branches de lys et reposant sur des socles en marbre blanc garnis de bronze doré.

164 — Deux Statuettes du temps de Louis XVI, Voltaire et Rousseau, en bronze vert sur socles en marbre griotte et bronze doré.

165 — Deux Flambeaux du temps de Louis XVI, en bronze doré, modèle à cannelures et guirlandes de laurier.

166 — Deux Bras-Appliques du temps de Louis XV à deux branches rocaille porte-lumière en bronze doré.

167 — Deux Coupes rondes godronnées en bronze vert, sur socles carrés en marbre griotte garnis de bronze doré. Époque Empire.

168 — Deux Coupes analogues à celles qui précèdent, mais plus petites.

169 — Deux Flambeaux du temps de Louis XVI, en bronze doré, modèle à cannelures et feuilles ciselées.

170 — Deux petites pièces du temps de l'Empire, en bronze et cristal : Presse-Papier orné d'un cygne et petite Lampe cylindrique.

171 — Deux Chenets du temps de Louis XVI, en bronze doré, à vases et galeries.

172 — Main en bronze de Madame Gabriel Delessert, 1838.

173 — Flambeau de bouillotte en bronze et dorure, à quatre branches ornées de cygnes. Époque Empire.

174 — Deux Candélabres formés chacun d'une figurine de femme en bronze supportant trois branches porte-lumières et sur socle carré en bronze vert et dorure.

175 — Deux petits Flambeaux en cuivre doré, du temps de l'Empire.

MEUBLES

176 — Commode du temps de la Régence, à trois rangs de tiroirs, en bois de placage, garnie de chutes, poignées, entrées de serrures en bronze ciselé et doré. Dessus de marbre.

177 — Meuble d'entre-deux du temps de Louis XVI fermant à deux portes, avec tiroirs au-dessus, en bois d'acajou richement garni de bronzes ciselés et dorés, avec dessus de marbre bleu-turquin. Attribué à Riesener.

178 — Petit Meuble fermant à une porte avec tiroir au-dessus et côtés arrondis formant étagère. Dessus de marbre blanc. Époque Louis XVI.

179 — Deux grandes Armoires du temps de Louis XVI, en bois d'acajou, à angles arrondis et cannelés, garnies de chutes, rosaces et rangs de perles en bronze doré ; à la partie supérieure règne une galerie de cuivre découpée à jour.

180 — Secrétaire droit de même travail.

181 — Petite Armoire surmontée d'une étagère formant bibliothèque, en acajou et moulures de cuivre. Époque Louis XVI.

182 — Grande Armoire Louis XV, fermant à deux portes, en bois rose.

183 — Armoire semblable à celle qui précède.

184 — Meuble à deux corps du temps de Louis XIII en marqueterie de bois, à fleurs, avec incrustation d'étain. Le bas ferme à deux portes et le haut présente des tiroirs avec porte au centre.

185 — Commode du temps de Louis XVI, à trois rangs de tiroirs, en bois d'acajou, garni de moulures de cuivre doré et à dessus de marbre bordé d'une galerie découpée.

186 — Table à ouvrage de forme ovale, en bois d'acajou, garnie de quelques ornements de cuivre.

187 — Commode Louis XVI, en bois rose, garnie de quelques ornements de bronze et à dessus de marbre.

188 — Coffre indou de forme oblongue en bois sculpté, à figures et ornements et rehaussé de dorures.

189 — Miroir oriental avec cadre en bois incrusté de nacre et de burgau.

190 — Deux Chaises Régence, en bois sculpté, laqué noir avec rehauts de dorure, couvertes en velours vert uni.

191 — Meuble étagère avec compartiment fermant à deux portes décorées de deux bas-reliefs du XVIIe siècle, en chêne, représentant l'un l'Annonciation, l'autre la Crèche.

192 — Chaise en bois dur sculpté, à fleurs et ornements rehaussés de dorure et à dossier découpé à jour.

193 — Bergère Louis XV en bois sculpté, à fleurs, laqué blanc avec rehauts de bleu. Elle est couverte en cretonne moderne.

194 — Table de salle à manger de forme ronde, en bois d'acajou, à dix pieds cannelés garnis de tigettes en cuivre doré. Cette table est à allonges.

195 — Armoire en racine de noyer, à deux portes.

196 — Armoire en bois sculpté ornée de pendentifs et feuillages avec têtes de chérubins. XVIIe siècle.

197 — Commode Louis XVI, en bois d'acajou, à quatre pieds cannelés et à dessus de marbre blanc veiné.

198 — Petite Table, du temps de Louis XV, en marqueterie de bois à fleurs, garnie de chutes et de sabots en bronze ciselé.

199 — Bureau-scriban en bois d'acajou avec poignées en cuivre.

200 — Deux Tables de nuit italiennes en marqueterie de bois, à médaillons de personnages et fleurs. Époque Louis XVI.

201 — Table modèle rognon en bois d'acajou, sur piliers ajourés. Époque Louis XVI.

202 — Petite Vitrine-Etagère en bois d'acajou, à trois côtés vitrés.

203 — Vitrine-Etagère en bois d'acajou. Elle renferme *des spécimens des travaux exécutés par Madame Gabriel Delessert, 1835-1894.*

204 — Petite Étagère d'angle en bois d'acajou découpé. Époque Louis XVI.

205 — Petit Guéridon Louis XVI, sur pied en bois d'acajou et dessus de marbre blanc.

206 — Écran, bois doré et feuille brodée en chenille, à fleurs.

207 — Deux Chaises en racine de noyer, du XVIIIe siècle.

208 — Bureau plat orné de panneaux de bois incrusté de nacre, à dessin de fleurs, de travail chinois.

209 — Paravent à deux feuilles en laque du Japon.

TAPIS

210 — Tapis de Smyrne à fond rouge et compartiments à fond vert.

211 — Autre Tapis de Smyrne.

TABLEAUX

BAUDRY (Paul)

212 — Portrait de jeune Femme.

BAUDRY (Paul)

213 — Portrait d'une Dame.

BOTH (Attribué à Jean)

214 — Paysage avec rivière traversée par un pont.

Effet de soleil couchant.

BOULANGER (Gustave)

215 — Scène antique.

Esquisse.

BOURGUIGNON

216 — Chocs de Cavalerie.

Deux pendants formant dessus de portes.

GIRAUDET

217 — La Vierge.

GRANET

218 — Intérieur de cloître.

JADIN

219 — Tomy et Finette.

KRACKOW

220 — Sangliers dans un bois.

LAMBERT (Eugène)

221 — Portrait de Chien.

LAMY (Eugène)

222 — La Promenade en calèche.

MOUCHERON (Frédéric) et VELDE (Adrien Van de)

223 — Paysage avec cours d'eau et figures.

MULLER

224 — Paysage d'Orient.

ORTMANS

225 — Vue du parc de Fontainebleau.

OUVRIÉ (Justin)

226 — Vue d'une place publique.

RICARD (G.)

227 — Portrait de Femme.

SCHEFFER (Ary)

228 — Portraits d'Enfants.

SCHEFFER (Ary)

229 — Figure d'Ange en buste.

SCHEFFER (Ary)

230 — La Barricade.

SCHEFFER (Genre d'Ary)

231 — Femmes prosternées dans une grotte.

SCHEFFER (D'après Ary)

232 — Les Naufragés.
Esquisse.

VAN LOO (D'après)

233 — Portrait de la reine Marie Leczinska.

VAN LOO (D'après)

234 — Portrait de Louis XV, jeune.

VERNET (Joseph)

235 — Marine.

Effet de clair de lune.

VERNET (Horace)

236 — Marine.

Effet de soleil couchant.
Signé et daté 1821.

VERNET (Horace)

237 — La Plage.

Signé et daté 1821.

VERNET (Horace)

238 — Jeune Femme à la promenade.

Signé et daté.

VERNET (Horace)

239 — Portrait équestre de l'Empereur Napoléon Ier.

VERNET (Horace)

240 — Le Rocher de Sainte-Hélène.

VERNET (Horace)

241 — Le Naufrage.

Signé et daté.

VERNET (Horace)

242 — Écossais adossé contre un talus.

VINCI (D'après Léonard de)

243 — La Mona Lisa.

VOLLON

244 — Fleurs de pommier dans un vase.

Signé à gauche.

ÉCOLE ANGLAISE

245 — Enfant en prière.

ÉCOLE ESPAGNOLE

246 — Fruits sur une table.

ÉCOLE FRANÇAISE

247 — Motif de décoration.

ÉCOLE FRANÇAISE

248 — Portrait de Napoléon III et du Prince Impérial.

ÉCOLE FRANÇAISE

249 — Portrait de Femme coiffée d'un turban.

ÉCOLE FRANÇAISE

250 — Tête de jeune Fille.

ÉCOLE ITALIENNE

251 — Saint Jean-Baptiste.

ÉCOLE MODERNE

252 — Canard et Lapin.

ÉCOLE MODERNE

253 — Oiseaux morts et pendus par la patte.

Quatre natures mortes.

ÉCOLE MODERNE

254 — Portrait de jeune Femme en costume 1830.

ÉCOLE MODERNE

255 — Portrait de Femme tenant un chien sous son bras.

ÉCOLE MODERNE

256 — Portrait de Mme la Duchesse de Berwick et d'Albe.

ÉCOLE MODERNE

257 — Le Sphinx.

Effet de clair de lune.
Signé N. D.

258 — Sous ce numéro seront vendus les Tableaux non catalogués.

DESSINS, AQUARELLES, PASTELS

259 — **Boilly** (L.). Portrait de fillette.

Dessin à l'estompe, rehaussé de blanc.

260 — **Delaroche** (Paul). Portrait de jeune Femme.

Dessin à la sanguine.

261 — **Frère** (Th.). Voyage de l'Impératrice Eugénie en Egypte durant l'année 1869.

Suite de treize aquarelles.

262 — **Gaillard.** Jeune Garçon vu en pied.

Dessin au crayon noir.

263-264 — **Gavarni.** Feuilles d'études.

Deux dessins à la plume.

265 — **Gérome.** Portrait d'homme.

Dessin au crayon noir.

266 — **Isabey** (J.-B.) Portrait de jeune Fille.

Dessin à l'estompe, rehaussé de blanc.

267 — **Prud'hon.** Figure de Femme.

Étude académique pour *L'Ame.*

Dessin au crayon noir et à l'estompe, rehaussé de blanc.

268 — **Prud'hon.** Académie de Femme vue en pied et de face.

269 — **Prud'hon.** Académie de Femme vue en pied et de trois quarts.

Deux dessins au crayon noir et à l'estompe, rehaussés de blanc.

270 — **Rosa** (D'après Salvator). L'Ange et Tobie.

Aquarelle.

271 — **Scheffer** (D'après Ary). L'Enlèvement.

Aquarelle.

272 — **Scheffer** (D'après Ary). Portrait de jeune femme.

Pastel.

273 — **Taurin** (Léonie). Intérieur de Salon.

Gouache.

274 — **Velasquez** (D'après). Le Chevalier mort.

Aquarelle.

275 — **Vernet** (Horace). Les Compagnons d'armes.

Dessin à la sépia.
Signé et daté 1817.

276 — **Vigée-Lebrun** (D'après Mme). Portrait de Mme Lebrun et de sa fille.

Pastel.

277 — **École allemande**. Vues de Wilhelmshœhe.

Quatre aquarelles.

278 — **École moderne.** Vue de Paris.

Aquarelle.

279 — **École moderne.** Une Sainte.

Aquarelle.

280 — Sous ce numéro seront vendus les dessins et aquarelles non catalogués.

GRAVURES & LITHOGRAPHIES

PIÈCES EN COULEUR

ALKEN (Henry)

281 — Getting away. — Full cry. *London*, 1827, deux pièces en couleur gravées par Fielding, in-folio en largeur *(Encadrées)*.

ALKEN (Henry)

282 — In full cry. — Throwing off *London*, 1828, deux pièces en couleur, gravées par Reeves, in-4 en largeur *(Encadrées)*.

ANONYMES

283 — Correct representation of the company going to and returning from his majesty Drawing room at Buckingham palace, Saint-James's park. *London*, *Braddbury*, 1822, pièce en couleur, in-fol. en largeur *(Encadrée)*.

284 — Dogs. Deux pièces en couleur, in-fol. en largeur *(Encadrées)*.

285 — Mail Coach, *London*, 1824, pièce en couleur gravée par Dubourg, in-fol. en largeur *(Encadrée)*.

286 — Wilhelmshöhe, quatre vues en couleur, in-fol. en largeur *Encadrées*).

BARRINGER

287 — Pointers, *London*, 1817, pièce en couleur gravée par C. Turner, in-fol. en largeur *(Encadrée)*.

DAVIS

288 — Water fowl shooting, *London*, 1836, pièce en couleur gravée par Reeve, in-fol. en largeur *(Encadrée)*.

LAMI (Eugène)

289 — Société des chasses de Rambouillet, 1853-1855, pièce en couleur gravée par Girardet, gr. in-fol. en largeur *(Encadrée)*.

Épreuve avant la lettre.

POLLARD

290 — Light post Coach, *London*, 1817, pièce en couleur, in-fol. en largeur *(Encadrée)*.

291 — The Mail Coach, in a storm of snow, pièce en couleur gravée par Reeves, in-fol. en largeur *(Encadrée)*.

292 — Ascot heath race, for his Majesty golden plate, *London*, 1821, pièce en couleur, in-fol. en largeur *(Encadrée)*.

293 — Don caster race, for the great Saint-Léger stakes, *London*, 1825, pièce en couleur, in-fol. en largeur *(Encadrée)*.

294 — Saint-Albans, grand steeple chase, suite de six pièces en couleur, gravées par Hunt, in-fol. en largeur *(Encadrées)*.

295 — The Elephant and Castle, on the Brighton road, pièce en couleur gravée par Fielding, in-fol. en largeur *(Encadrée)*.

296 — London fire engine, pièce en couleur gravée par Reeves, in-fol. en largeur *(Encadrée)*.

PYALL

297 — Pheasant shooting, *London*, 1827, pièce en couleur gravée par Jones, in-fol. en couleur *(Encadrée)*.

RAFFET

298 — Citadine, *Paris*, *Gihaut*, lithographie coloriée, in-4 en largeur *(Encadrée)*.

ARGENTERIE

299 — Quatre Plats longs.

300 — Vingt Plats ronds.

301 — Trente Assiettes.

302 — Un Légumier, trois Cafetières, deux Bouillottes, une Théière, huit Salières.

303 — Deux Pots à crême, Boîte à thé, Timbale, Pot à bière, Montures de tasses.

304 — Un Écrin contenant : une louche, trois cuillères à ragoût, deux cuillères à sauces, une cuillère à sucre, trente-six couverts, douze petites cuillères.

305 — Un Écrin contenant : quatre cuillères à compote, une cuillère à sucre, une pince à sucre, vingt-quatre couverts à entremets, vingt-quatre cuillères à café.

306 — Un Écrin contenant : une louche, trois cuillères à ragoût, trente-six cuillères, trente-six fourchettes.

307 — Vingt-quatre Couteaux vermeil, vingt-quatre Couteaux argent.

308 — Pelle à glace, Truelle à poissons, Service à hors d'œuvre, à salade, à découper, Fourchettes à huîtres.

PLAQUÉ

309 — Corbeilles à pain, Théières, Réchauds, Sucriers, Soupières, Légumiers, Chocolatière, Saucières, Pot à crême, Bouts de table.

BIJOUX

310 — Quatre Montres en or, une Montre ancienne cristal et or, vingt-trois Bagues, Médaillons, Cachets, Ciseaux.

311 — Quatre Montres argent, douze Médailles, Bague, Breloque, Écritoire, Boîte à poudre, Flacons, deux Bracelets.

MEUBLES

312 — Meubles divers non catalogués.

www.ingramcontent.com/pod-product-compliance
Ingram Content Group UK Ltd.
Pitfield, Milton Keynes, MK11 3LW, UK
UKHW021954260726
13994UKWH00004B/1747

9 782329 391663